AF240335

A L'ILE CHAMBIÈRE, PRÈS METZ.

On connaît mon penchant à rimailler des vers,
S'ils concernent surtout notre ville jolie,
Son beau jardin public, ses bals et ses concerts,
Ses plaisirs variés au temple de Thalie;

Sans jamais oublier, chacun le sait très bien,
Les grâces, les attraits de nos belles Messines,
Et leur marche légère et leur noble maintien,
Leurs mises de bon goût et leurs tailles divines.

Puis on m'a vu décrire aussi de mes crayons,
Me promenant un jour dans nos belles campagnes,
Leurs villages remplis de charmantes maisons,
Leurs châteaux, leurs jardins, leurs côteaux, leurs montagnes;

Son fleuve sinueux, son vaste et beau bassin,
Ses prés couverts de fleurs, leurs gracieux rivages;
Le tout frappant toujours l'étranger, le Messin,
Eux tous, qui tant de fois ont reçu mes hommages!

Enfin, notre musée en plus de cent quatrains
Que pour lui j'ai tracés cette saison dernière,
A vu combien j'aimais ses tableaux, ses dessins
Qui vinrent embellir son docte sanctuaire...

Dois-je citer encor nos marronniers si beaux
Quand ils montrent leurs fleurs si pures de nuance;
Tout l'été nous offrant sous leurs nombreux berceaux,
Leurs charmes variés... avec leur élégance?...

J'ai prodigué mon art ce printemps, cet été,
Aidé d'un seul journal (*), afin de les défendre

(*) Je veux parler de la GAZETTE DE METZ, dont le rédacteur en chef et
sa famille apprécient et fréquentent l'Esplanade dans la belle saison, tandis

1846

37027"

Contre un arrêt cruel et vraiment détesté !...
Pouvons-nous espérer qu'on daigna nous entendre ?
J'en ferais au Conseil mille remercimens
Au nom des amateurs des cinq lignes complettes
Qui nous donnent six mois des ombrages charmans
Sous leurs arseaux fleuris, sous leurs douces retraites...
Mais si malgré mon vœu répété tant de fois,
Il est resté, Messieurs, pour vous seuls inutile ;
Si toujours vous fermez votre oreille à ma voix,
Vous froissez, vous blessez profondément la ville.
Ah ! vous le sentirez, on l'espère à présent.
Vous n'exigerez plus, non que votre sentence
Reçoive son effet, puisqu'il est évident
Qu'on vous en blâmerait... ayez en l'assurance...
Plutôt que de détruire élevez à tous prix
Hallé pour tous vos grains,.. et surtout des fontaines !
La ville dès longtemps les demande à grands cris ;
Rien n'est plus digne ici de vos soins, de vos peines (*).
Or, il est un endroit fameux, près la cité,
Et qu'arrosent sans fin deux bras de la Moselle ;
Que pourtant je n'ai pas, c'est une vérité,
Montré suffisamment sous ma plume fidèle.
C'est un vaste pourtour, ce noble champ de Mars,
Que baigne de ses eaux notre belle rivière,
Qui se prolonge au loin en quittant nos remparts,
Et qui porte le nom de : l'Ile de Chambière.

que ses collègues des deux autres journaux n'y viennent jamais. De là leur silence, quand la Gazette défendait si bien les Marronniers menacés. Je l'en remercie,... et ne suis pas le seul.

(*) Je reviens à mon nouveau sujet.

Elle était néanmoins, quand j'y pense à présent,
Bien digne d'inspirer ma muse, mon accent,
Par la variété de ses scènes guerrières,
D'un effet attachant, bien que graves, sévères,
Alors qu'elle reçoit tous nos enfants de Mars,
Pleins de zèle et d'ardeur sous leurs vieux étendards;
Quand enfin elle voit la garde citoyenne,
Qui se montre si belle aussi dans cette arène,
Conduite sur ces lieux en nos jours solennels,
Par leur vieux général, ses brillans colonels;
Le premier imposant par sa mâle figure,
Si bien sur son coursier ! si bien sous son armure!
Tandis que ses seconds toujours dans leurs beaux ans,
D'un noble et beau maintien,.. même assez séduisans,
Guident avec sang—froid, leur aplomb ordinaire,
Nos soldats citoyens à la marche légère;
Dont la mise d'hiver, dont la mise d'été
Sont d'un ensemble enfin qui plaît par sa beauté.

Là, j'ai vu d'Orléans, ce jeune et noble prince,
Qui visita trois fois notre belle province (*),
Qui toujours inspecta dans ces célèbres lieux,
Tant de beaux régiments, complets, si belliqueux;
Les quatre bataillons de la garde messine,
Si brillante d'éclat,.. aussi de discipline;
Son corps si distingué de ses deux cents pompiers,
Celui non moins frappant d'autant de canonniers;
Tous se montrant enfin en lignes prolongées,
Dans un ordre parfait et des mieux allignées.

(*) C'est presque en la quittant que, par un accident affreux, il mourut,
si jeune encore, regretté, pleuré de toute la France., de toute l'armée
qui connaissaient ses éminantes qualités.

Le prince était suivi, si non de maréchaux,
D'un cortége complet, d'au moins huit généraux,
Du préfet, du prévôt, d'officiers par vingtaine;
Qui tous sur leurs coursiers galoppaient dans la plaine.

On remarquait encor dans ces brillans essaims,
Des officiers venus de rivages lointains,
De la Prusse surtout, de Bade, de Bavière,
Plus d'un de la Belgique et trois de l'Angleterre,
Tous voulant contempler dans ces heureux instans,
Nos guerriers là si beaux, l'aîné des d'Orléans.

Nous–mêmes, vieux soldats d'une époque célèbre,
Qui nous a vu marcher du Niemen jusqu'à l'Ebre,
Et du Guadalquivir par-delà le Cremlin,
De l'Eridan au Nil et du Nil au Jourdain;
Alors nous rappelant nos beaux jours militaires
A travers les climats de rives étrangères;
Parfois nos beaux moments à Madrid, à Berlin,
A Naple ainsi qu'à Vienne, à Milan, à Turin;
Nous cherchons volontiers, disais–je, ces revues,
De trois lignes au moins et des plus étendues.
Là nous examinons, fixons de toutes parts
Tous nos jeunes français aimant leurs étendards.

Dans ces solennités, nos femmes et nos filles,
Des étrangers encore isolés, en familles;
En calèche élégante, en joli char–à–banc,
Un plus grand nombre à pied, et cela se comprend;
Tous s'avançaient massés sur le front de bandière
Pour jouir d'un coup d'œil ravissant, mais sévère!..

Or le prince ayant vu ses quinze bataillons,
Au moins mille artilleurs, seize à vingt escadrons,
Tous présentant aux yeux une scène imposante,
D'un effet étonnant... toutefois très-brillante,
Venait le défilé,... d'abord des Légions
De nos concitoyens, mariés et garçons,
Mais tous également d'une belle tenue,
Régulière, parfaite et captivant la vue,
Dont l'aisance facile et tous les mouvements
Rivalisaient enfin avec nos régimens.

La troupe de Paul.., ce beau corps du génie,
D'une mise sévère... et pourtant accomplie,
Formé d'hommes choisis, forts et pleins de santé,
Distingués par la taille, aussi par la beauté;
Ce régiment enfin, et c'est un fait palpable,
Est, sous tous les rapports, parfait et remarquable.
Nos jolis fantassins, sémillans à leur tour,
Dont plus d'un à mon sens est taillé pour l'amour,
Tous remplis de gaîté, d'avenir, de jeunesse,
Heureux de défiler là devant son Altesse;
Puis ces brillants hussards, ces élégants chasseurs;
En costumes charmans, des plus belles couleurs;
Après ces corps légers plus que l'infanterie,
Vient celui si bruyant du nom d'artillerie,
D'un tout autre coup-d'œil, d'un bien plus mâle aspect,
Qui semble commander la crainte et le respect
Pour sa grave attitude et sa noble assurance;..
Sans manquer toutefois de beauté, d'élégance....

Elle arrive au grand trot, en précédant son train,
Sur l'arène mouvante,.. en brûlant le terrain.
Les canons, les chevaux lancés dans la carrière,
Font voler, agiter des torrens de poussière.....
On entend aussitôt un bruit sourd, saisissant,
Au milieu d'un silence et d'un calme imposant,...
Souvent interrompu par le son des trompettes,
D'une harmonie ensuite au moins des plus parfaites.
Le sol est sous nos pas tout tremblant, agité,
Et ce tableau vivant est plein de majesté !
Tels on vit autrefois dans les champs d'Italie,
D'Egypte, de Pologne et de la Germanie,
Ces brillans artilleurs courir à Marengo,
Sur le Nil, à Iéna, près Wagram et d'Eylau;
Enfin, on ne pouvait finir cette revue
Par un tableau plus fait pour enchaîner la vue.

Chambière une autrefois vit Nemours, Montpensier,
Dans un siége plein d'art, apprendre leur métier;
Tous les deux, jour et nuit dans la boue et la pluie,
Dirigeant leurs soldats aux travaux du génie,
Par des chemins couverts, étroits et sinueux,
S'y glisser à pas lents, toujours silencieux,
Jusqu'au pied d'un rempart menaçant, formidable,
Armé de six canons, qu'on disait imprenable;
Alors le battre en brèche et le faire crouler;
D'un élan décidé, généreux, l'enlever;
Sortir avec honneur, comme chacun le pense,
De cet assaut brillant,... bien que sans conséquence;
Puis rentrer à l'hôtel crottés de haut en bas,
Et là se reposer après un bon repas...

Ensuite on simula dans cette plaine immense,
Avec tous les moyens d'attaque et de défense,
Une bataille en règle,.. où tous les combattants,
N'eurent à regretter ni blessés, ni mourans,
Malgré le feu croisé, très vif du mousquetaire,
Et celui du canon qui fait trembler la terre.
Même on vit les vaincus et les victorieux,
Dîner avec gaîté ensemble, et très nombreux ;
Fraterniser encor d'une amitié sincère,
Et prenant le café, le punch,.. et puis la bière.

Voici la batterie aux vingt bouches à feu,
Qu'on rencontre bientôt en entrant dans ce lieu
Qui porte dès longtemps le nom de Polygone,
Où des enfans de Mars, de Minerve et Bellone,
Apprennent à lancer ces bombes, ces boulets,
Qui portent après eux des désastres complets
Dans les rangs ennemis, au sein de leurs cohortes ;
Ou bien de leurs remparts forcer, briser les portes.

Là se forme sans fin parmi nos artilleurs,
Officiers et soldats, ces habiles pointeurs,
Dont l'Europe asservie en mainte circonstance,
Connût à ses dépens la haute expérience.

L'artilleur dont le tir est précis et parfait,
Dont le but est atteint dans son plus grand effet,
En triomphe est porté, pour prix de sa conquête,
Dans la caserne, en ville, avec musique en tête. ;
Dine, m'assure-t-on, pour son exploit cité,
Chez le premier du corps, et même à son côté.

Puis de retour au camp, près de ses camarades,
Il est encore l'objet de joyeuses rasades.

Là j'ai vu Charles X, monarque aux cheveux blancs,
Offrir aux canonniers qui traversaient les blancs
De sa royale main, blanche et toujours jolie,
La pièce de vingt francs portant son effigie;
Noble encouragement d'un Roi, d'un potentat
Qui veut se faire aimer et chérir du soldat (*).

Aussi Chambière a vu se former pour la guerre,
Les Eblé, les Sorbier et les Laribossière;
Ensuite en vingt climats avec leurs cent canons
On les vit traverser guérêts, fleuves et monts,
Montrer à l'ennemi leur sang-froid, leur courage,
Briser leurs bataillons, n'en faire qu'un carnage.
Ces lieux virent encor les Gourgau., les Paixhan.,
Augmenter, compléter leur art et leurs talens;
Aujourd'hui généraux honorant leur patrie
Par leurs écrits profonds, tous empreints de génie.

De Constantine aussi, le célèbre vainqueur,
Qui là comme partout montra calme, valeur;
De même approfondit, dans l'île de Chambière,
Son savoir éprouvé dans sa noble carrière.

Mais la célébrité de ce beau champ de Mars
Que couvrent si souvent nos nobles étendards,
Remonte aux temps fameux d'un duc vaillant et sage,
Qui, contre Charles-Quint, montra tant de courage,

(*) J'ai été témoin de ce fait comme mille autres spectateurs.

Pendant plusieurs assauts donnés de ce côté;
Comme sur d'autres fronts de la même cité ,
Alors que les Messins ; nos honorables pères.,
Aux Espagnols d'alors taillaient mille croupières.

C'est sur ce même point que tous ces jeunes gens ,
Qui sous tant de rapports se montrent si brillants ,
Et que leur St-Arnould , ce séjour des sciences,
Voit suivre avec bonheur toutes les connaissances
Que leur enseignent là dans leurs cours estimés
Leurs doctes professeurs , d'eux justement aimés ,
Et tous appartenant aux deux armes savantes ,
Dans un siége surtout des plus prépondérantes.

Ce sont Goulié., Micho., Boilea. , Hé. Contenci. ,
Le Foltri.., Jourjo., Em., Virle. enfin.
Delamott. et Didio. y professaient naguère ;
Tous des plus distingués., profonds dans leur carrière.

Sous eux donc ces enfans qu'on voit avec plaisir
Cultiver les beaux arts dans leur sage loisir,
Suivent sur ce terrain leur école commune (*)
Le jour comme la nuit sans différence aucune,
En brisant à leur tour ; les faits en sont récents,
Les tonneaux isolés ; les pavois éclatants ;
Heureux et satisfaits ; bien juste conséquence
De leurs succès marqués dans cette circonstance...
Puis se donnent le soir un dîner succulent ;
En mets , vins recherchés , et d'un goût excellent ;
Où le café , le punch offrent leur ambroisie...
Puis l'on chante,.. partout,.. avec trop d'énergie...

(*) Dans l'exercice du moment au moins.

Or ici, je soutiens que, malgré leurs efforts,
Leurs concerts plein *d'effet* manquent de doux accords,
Ou ressemblent plutôt,.. et c'est vingt fois dommage,
Aux chants de nos conscrits échappés du tirage...
Ces élans parvenus jusqu'à l'autorité,
Provoquent sa rigueur et sa sévérité,
Ce qui vient affecter parents,.. surtout les mères !
Les frères et les sœurs, ces familles entières...

Moi qui toujours aimai, goûtai les jeunes gens
Que l'on me vit louer dans mes vers, en tout temps,
Je voudrais donc aussi qu'en leurs plaisirs de tables,
Ils fussent constamment doux, gracieux, aimables,
Comme on les voit enfin dans tel ou tel salon,
Modestes, réservés et d'un excellent ton ;
Puis causer au besoin des arts ou des sciences,
Dont ils ont, comme on sait, le goût, les connaissances.

A la fête du Roi comme aux jours de juillet ;
Un grand feu d'artifice et du plus bel effet,
Sans y manquer, a lieu sur ce point de notre île.
Elle reçoit alors les faubourgs et la ville,
Qui se portent toujours sur son vaste terrain,
Après avoir fermé logis et magasin.
Un espace choisi de moyenne étendue,
Fermé de toutes parts, ne formant qu'une issue,
Où plusieurs délégués, officiers artilleurs,
Font avec courtoisie et bon ton les honneurs
Aux dames de la ville, ajoutons, invitées
Par lettres sous cachet et poliment dictées.

Celles dont les époux sont des deux corps savants ;
Corps rivaux toutefois, bien que sympathisans ;

Celles d'états-majors des différentes armes,
Toutes nous présentant là plus ou moins de charmes,
Occupent volontiers dans cet espace heureux,
Les siéges allignés qui s'y montrent nombreux ;
Désirant bien placer surtout, dans cette enceinte,
Avec sécurité, quiétude, sans crainte,
Leurs enfants adorés, partout si désireux
De ces rares plaisirs si séduisants pour eux !
Les familles encore de nos fonctionnaires
Voient aussi s'abaisser pour elles les barrières.
Celles de financiers, nos dames de la cour,
Des bourgeoises enfin là s'offrent à leur tour ;
Mises élégamment en étoffes fort belles,
Qu'accompagnent d'ailleurs les tulles, les dentelles,
Les écharpes à jour ou les légers manteaux,
Les jolis brodequins, les gracieux chapeaux,
Telles qu'en un jardin célèbre en nos contrées,
Nous les voyons toujours on ne peut mieux parées.

    Je m'étais moi-même placé
    Dans l'enceinte et près barrière,
    Pour voir entrer dans la carrière
    Notre beau public empressé...
    Déjà l'on sait que nos bergères,
    Nos dames pleines d'agrémens,
    Aimant ces spectacles charmans,
    Avaient là les places premières.
    Elles y présentent toujours
    Leurs jeunes et belles familles,
    Que composent garçons ou filles,
    Objets de leurs tendres amours.

Disons même, au moins je le pense,
Que c'est plutôt pour ces enfants ;
Aussi chéris qu'intéressans ;
Qu'elles franchissent la distance.

Or je me rappelais soudain
Les voir souvent à l'Esplanade ;
Délicieuse promenade ,
Le soir autant que le matin.

Où l'on fait divine harmonie
Pour un sexe tout enchanteur ,
Rempli de grâce et de fraîcheur ,
D'une bonté toute infinie.

Je me trouvai donc satisfait
De pouvoir l'admirer encore
Aux clartés d'une douce aurore,...
Qui lors pourtant s'affaiblissait.

Mais dès que la nuit vint jeter sa teinte obscure,
Nous cacher à peu près le ciel et sa nature,
Bientôt alors les feux traversèrent les airs,
En faisceaux, en flammes, en gerbes, en éclairs,
Nous montrant des dessins, des tableaux admirables,
Nombreux et variés, tous des plus remarquables,
Saisissant, captivant et l'esprit et les yeux,
Qui les suivent partout se jouant dans les cieux ;
Ou tomber à nos pieds, y finir leur lumière,
En portant quelqu'effroi chez l'enfant , chez la mère...
Vient le feu du bengale et ses vives couleurs,
Montrant sujets divers , charmant les spectateurs ,
La légère fusée à l'élan droit , rapide ,
Formant dans son trajet ou flèche ou pyramide ;

Enfin pour clore ici ce tableau plein d'effet,
On admire à la fin ce qu'on nomme bouquet,
Dont les mille rayons remplissent l'hémisphère,
Tout l'espace sur nous, l'horizon et la terre.

Chambière offre de plus des arbres somptueux,
Peupliers élancés, ormeaux majestueux,
Tels que nous en voyons à la porte de France,
D'une rare beauté, de tout plein d'élégance,
Donnant une ombre utile et pleine de fraîcheur,
Que savoure à loisir le piéton visiteur.

Son port d'un facile abordage,
Et rempli de nombreux bateaux,
Bien que sans mat et sans cordage,
Forment là différents tableaux.
Son nouveau quai, des mieux encore,
Très spacieux en tous les sens,
Depuis le lever de l'aurore,
Offre un coup-d'œil des plus vivans.
Ses magasins tant de farine,
Que de blés, aussi de charbons,
Pour la noble cité messine,
Sont d'utiles provisions.

Sur l'autre bord de la Moselle,
S'offre un long et large chantier,
Où l'on construit vaisseau, nacelle;
Heureux travaux pour l'ouvrier.
Son pont d'une arche est un modèle
De grâce et de légèreté;

Enfin d'une beauté réelle,
Et passablement fréquenté.

Ses contre-forts, ses pyramides,
Qui portent si légèrement,
Ses cables de fer si solides,
En complètent le monument.

Au-delà ce sont les murailles (de l'arsenal),
Qui renferment mille canons,
Leurs affûts, leur train, leurs caissons,
Attendant le jour des batailles;

Nombre de bombes, de boulets,
Rangés en ordre, et par étage;
Forges qu'activent leurs soufflets;
Cent ouvriers faisant tapage.

J'y vois les toits et les reflets
Des magasins considérables,
Où sont ces faisceaux formidables,
De sabres nus et de mousquets!

Le fort de Bel-Croix est en face,
Présentant là sur son vieux mont,
Avec passablement d'audace,
Son menaçant, son large front.

A ses pieds sont des tanneries,
Que j'aperçois dans le lointain;
Plus près des maisons fort jolies,
Chacune ayant son beau jardin.

Je chemine sur mon rivage,
Observant encor volontiers,
Le mobile et brillant feuillage
De tant d'élégans peupliers.

Je vais jusqu'à la tuilerie,
Où se termine ce beau cours
D'une plantation choisie,
Qu'il nous faut admirer toujours.
    Là je m'assieds sur une pierre,
Pour y prendre un peu de repos ;
Ce qui m'était fort nécessaire ;
Ce siége donc vint à propos.

De cette île, en un mot, on ne peut plus utile
A notre artillerie,.. ajoutons à la ville,
On voit tout St-Julien et son joli côteau,
Qui forment sur ce point un gracieux tableau.
Au milieu j'aperçois, je me plais à le dire,
Le manoir de Lanié., commandeur de l'empire,
Ainsi que colonel d'un brave régiment...
Aujourd'hui comme alors, bon, affable, charmant,
Il aime à diriger sa belle métairie
Tout en donnant des soins à sa *cité* chérie,
Dont il est l'échevin ou le maire éclairé...
Comme il en fait le bien, il en est adoré.
De plus on sait encor qu'en sa maison gentille,
Confortable en tout point, près sa chère famille,
De sa dame et sa bru, de ses petits enfans ;
Il en fait le bonheur et le charme constans,
Par l'aimable gaîté qui fait son caractère ;
Enfin par sa bonté qui jamais ne s'altère.
    De son joli jardin couvert de mille fleurs,
Différentes d'éclat, de formes, de couleurs,
Les regards enchantés découvrent tout Chambière
Son bassin, son pourtour, deux bras de sa rivière ;

Ses deux buttes du tir, ses beaux arbres cités;
Leur splendeur, leur vert pur, leurs diverses beautés,
La ville, ses remparts, sa cathédrale immense,
Ses tours d'un noble aspect et pleines d'élégance.

Ensuite à droite on voit le vieux mont St-Quentin,
Des côteaux s'inclinant dans le même lointain;
A leurs pieds des villas ou plutôt des villages,
Qui méritent aussi nos vœux et nos suffrages.

Or, tout ce beau coup-d'œil de plus, se voit très-bien
D'un autre heureux séjour, aussi de St-Julien;
Manoir d'un député bientôt octogénaire,
Aux cheveux blancs et clairs, d'une santé prospère,
D'un visage serein et des mieux autrefois.
Il vote au parlement pour Guizot quelque fois,
Et plus souvent, dit-on, variant sa doctrine,
Avec Dupont (de l'Eure), avec de Lamartine...

Mais pour en revenir à mon sujet charmant,
Qu'entourent deux cours d'eau qui coulent lentement,
Je maintiens ce fait vrai, que la plaine Chambière,
Si célèbre à bon droit, que ma plume sincère,
Vient ici de décrire en différents tableaux,
Qu'on découvre si bien placé sur ses côteaux,
Offre un aspect frappant, des plus beaux, je le jure,
Que n'a point prodigué la main de la nature;
Et l'égal à peu près de cet autre bassin,
Qu'on admire toujours d'un gracieux jardin.

UN OFFICIER SUPÉRIEUR.

Metz. — Imp. de J. Mayer Samuel.